JN025580

連用形

renyoukei
Akamatsu Masaru

赤松　勝句集

ふらんす堂

連用形／目次

句集　連用形

I 細胞

春昼の逃げどころなき木魚かな

ジグソーの一片失せし望潮

しゃぼん玉時間売られていたりけり

ねこやなぎ酔生夢死を貫かむ

からだ中裏返っている大雷雨

いっせいに墓立ちあがる青嵐

空梅雨の小さな鈴を鳴らしけり

がうがうと水の行き交う夏の幹

死なば完結彷徨のソーダ水

聞く耳と聞かぬ耳あり立葵

夏半ば風という名の診療所

昼寝覚この世の埒の少し外

大津絵の鬼の居ぬ間のまくわ瓜

しんしんとアボカドの種過密都市

秋高し死にものぐるいで遊びけり

芒刈られて毎日が地平線

きのこきのこ三鬼の部屋の隣に居る

木犀に少し歪みて葬の列

悼　敬二兄

立冬の明るい雲となりて去る

なまぬるき猫を抱きおり枯葎

落葉拾うさてあてもなき空白

ぼんやりと雨傘のある十二月

寒林を行くマグリットの委任状

死ぬという仕事ありけり浮寝鳥

まちなかに爺の溢るる遅日かな

疎林より笑い転げて春の骨

いちまいの空気を揺らし茎立ちぬ

耳たぶに穴をあけたる虎が雨

大いなる白紙となりて夏来たる

借りものの身体を歩く薄暑かな

のりしろのなき世をゆらりところてん

透明な家よみがえる夏の河

舗道炎ゆ遠きより魔都のクラクション

蓮ひらき太極拳が動き出す

はにほへと色の深きを烏瓜

細胞の入れ替わるとき十三夜

なにごともなかったように秋の空

Ⅱ

東風

青きまどんぐりの内部告発

つつぬけの内緒話や釣忍

京劇の銅鑼鳴り止まね著莪の花

夏蝶が叫び上海がせり上がる

沈黙のシュプレヒコール蓮咲けり

蜘蛛の囲に抱きつかれたる地球かな

居るはずのない部屋覗く八月尽

孤児院を出てそれからのとんぼかな

つかぬこと尋ねられたる青瓢

腕組みを解き寒林の一樹たり

粛々と冬陽の坐る駐車場
とぐろマフラー中学生を疲れおり

パンゲアの亀裂つづくや枯岬
鷹翔って三川合流していたり

山茶花の裏へまわれば鬼が居る

三寒の埴輪声なき口ひらく

春浅し呼ばれぬ我を待ちつづけ

雑念の寄せては返す春キャベツ

たんぽぽに箝口令を敷いてくる
東風吹いて突如マイクロシーベルト

太陽の塔も花見をしていたり

縦書きにこだわり続け松の花

ぶらんこを漕ぎ大空に合流す

花の夜の少しあやしい進化論

Ⅲ

牛蛙

新涼のアキレス腱を伸ばしけり

のびのびと堕落している案山子かな

木犀よつねに冷たき膝頭

新酒汲むひとまたぎして五十年

傘さして傘捨てに行く花野かな

きょうだいを離れ離れにしてぽんかん

凩や駅には曾て伝言板

寒月光まっすぐ並ぶ兵の墓

寒晴や何も書かれぬ備考欄

今はなき落葉の中のふかし芋

ランドセルいつも駆け足枇杷の花

どのみちを通って来ても十二月

座布団を裏返すごと年明ける

帰路少し膨らんでいる遅日かな

生と死のあわいふらここ揺らしおり

春野行く消失点に吸い込まれ

春の雨連用形のまま止みぬ

春深し水の輪崩れ水となる

切株や一部始終を亀鳴けり

走り梅雨睫毛の長い信号機

真っ白な靴に履き替え夏の空

ときどきは憎の代読牛蛙

食卓に無言が座る極暑かな
妄想が脹らみピーマンとなっている

雑然が整然とある夜店かな
そのわけを決して言わず額の花

道問われしどろもどろの酔芙蓉

Ⅳ

足摺

空白を載せて真冬の観覧車

星を見るためうしろ歩きの十一月

立ったまま寝たるや霜の箒草

飴色の汽笛遠のく寒暮かな

年詰まる帰らぬ母を待ちつづけ

美しき枯野となりて年を待つ

大見得を切り裸木となっている

枯蓮に寄り添う水の静かなり

こんにゃくが裏返り正月がやって来る

雪の下息をひそめる誤植たち

ひとひらが来ては去り行く花筏
国生みと見紛うばかり春の雲

頬杖を外せば朧ただの人

風をまとい少し若やぐ更衣

茗荷の子いたずら好きで困ります

五月闇かの魂とすれ違う

薄暑来てコトリと訃報置いてゆく

足摺が呑み込む父の夏帽子

五線紙をひろげ涼風を待っている

万緑や透き通るまで手を洗う

知らぬ顔してひまわりの地獄耳

刻々と堅気に戻るソーダ水

ぬれぎぬを着て梅干しとなっている

水桶や笑い転げる茄子トマト

鬼面現れしなやかに打つ夏太鼓

片陰を拾うて道に迷いけり

戦争の空から来たり赤とんぼ

阿と吽と乱反射する原爆忌

死者生者ふたりきりなる月の部屋

炎のみ纏うて暗き曼珠沙華

遺言という名の句集おけら鳴く

指揮せんとすすき一本直立す

風止みて風のかたちの厚氷

V

胸元

老鶯の一声止んで澄みわたる
背に腹を替えて金魚が泳ぎだす

二丁目の白兵と化す白雨かな

天が下集うわれらはねこじゃらし

青虫の忽と消えたる一夜かな

杉木立向うから来る間石忌

沈黙は叫びなりけり花八手

悪態の限りを尽くし枯蔓

寒月を胸元に入れ雲去りぬ

こう見えて筋金入りの枯柳

春遠し不要不急の句が吠える

春寒や無援の坂を一歩ずつ

こころにも屈伸運動寒明ける

かわたれや光とならむ花の屑

ことばとは煉獄ならむかいやぐら

もの言わずとも摘草の親子なり

下萌や顔なき仏微笑せり

硬き膝墓地をのぼれば初夏の海

なわとびに入りそびれし青蛙

打水に追いまくられる余生かな

日めくりや捨てられてゆく終戦日

半月のその潔きフォルムかな

赤児泣く秋の大空押し上げて

運針の行き着く先は月兎なる

月蝕の直後颯爽の大満月

冬ざれやゆるりと軋む貨車の音

毛糸編むように車内のスマホびと
冬の道曲がりくねって訃報来る

戦争が寒満月と目が合いぬ
音も無く冬の木馬が荒れ狂う

ほろほろと冬至の雨の中を行く

夕映えや裸木という自己主張

一粒の音転がって十一月

一句爛読・エッセイ

階段が無くて海鼠の日暮かな　橋閒石

第七句集『和栲』の中の一句。『和栲』が蛇笏賞を受賞したことで掲句が一挙に注目を浴び、橋閒石の代表句の一つとなった。

この句が読む人に衝撃を与え、その脳裏に刻印される所以は、「海鼠」と「階段」の取り合わせの妙にある。古今を通じて「海鼠」を「階段」に取り合わせた例を見たことがない。一句は「階段が無くて」といきなり非在が宣告されるなか、忽然と「海鼠」が登場し、それを「日暮」が包み込むように描かれる。なかんずく句中の素材すべてが陰性であり、そのモノトーンの色調もすこぶる印象的である。

さて、この句、どのように読むのだろう。海鼠の生態を捉え、海底への往還がままならぬといった読み方をすると孤独や孤絶を表現している句と捉えられる。モノトーンの色調がその雰囲気を演出しているが、ちょっと見方を変えてみよう。何事も便利になった現代社会で、大切なものを忘れてしまったことへの警鐘と読むことはできないか。つまり、この句の「階段」は、一歩ずつこつこつ進んでゆくことの暗喩としてあり、人々が安易にエスカレーターなどに身を委ねている生活を「海鼠の日暮」という措辞で照射しているのではないか。

詩はすべからく飛躍の産物である。「海鼠」と「階段」の取り合わせは一種の飛躍であるが、飛躍が大きければ大きいほど一句の「読み」の振幅は大きくなる。右はその一例に過ぎないが、この飛躍はなんでも良いというわけではない。そこには飛躍を遂げた二つの要素の間に連絡が必要である。その連絡のことを連句の世界では、「蓮根の糸」と呼んでいる。連句では「転じ」ということが重要とされる一方、「付く・付かない」が厳しく吟味される。この「転じ」と「付く」の一見矛盾するわざを平然とやってのけるのが連句というジャンルの大きな特徴である。

掲句の「海鼠」と「階段」は、飛躍と連絡が絶妙に配合され、転じながら付くという不即不離の世界を形成している。そこに俳諧師橋閒石の躍如とした姿を発見するのである。

＊

柿ひとつ早く描かねば空ばかり　　坂本ひろし

作者はかつての「白燕」同人。何かの折に掲句が描かれた色紙をいただき、爾来部屋の一角に飾り続けている。個性的な筆致の墨痕を見つめていると、ありし日が蘇ってくる。

この句、眼前にあるのは、すでに葉は落ち、ときどき風に揺れながら枝に残った柿の実一つだけである。対象となる個体をありのまま写し取るのが写生であるが、厳密に言うとこの句はその方法に依っていない。俳句として書かれているのは柿の絵を描こうとしている人物の心の内である。言うなれば、ある種の焦燥感が描かれている。

作者はよく、「内心写生」という言葉を口にしていた。見えないもの、心の中をどう表現するか、それは俳句ならずとも文芸一般の至上のテーマであろう。坂本ひろしはいつもその問題意識で俳句を作っていた、と言って間違いない。

さて、その「内心」は、実に平明な言葉によって描かれている。掲句の「焦燥感」

はどのように表現されているか。「ひとつ」「早く」で切迫感を、「描かねば」で緊張感を誘い出し、最後に「空ばかり」で不作為がもたらす未来の光景を最大のインパクトで描出する。

坂本ひろしは阪神淡路大震災によって家屋全焼となり、その後、長きにわたり仮設住宅での生活を余儀なくされた。その稀有な経験から生まれた「寒い海独りぐらしが干してある」という句が印象深い。ここでも眼前にあるものは一切描かれず、干されるはずのない「独りぐらし」が俳句の中心にでんと坐っている。

震災の直後、近くの体育館に避難しているところをお見舞いに行った。館内にほとんど人はおらず、奥の片隅でパイプ椅子に座って新聞を読んでいる坂本ひろしをすぐ見つけることができた。そして、私の顔を見て、にわかに洩らした微笑を今なお忘れられないでいる。最後に不思議な一句を。

数秒の地震にっぽんさくらそう　　ひろし
（震災直前の作）

*

春の家裏から押せば倒れけり　和田悟朗

『山壊史』所収の一句。この句は、すでに多くの評者によって取り上げられており、和田悟朗の代表句のひとつといってよいだろう。

自句自解のエッセイとして編まれた『舎密祭』によると、戦時中、強制立ち退きの解体作業から想を得たとある。しかし、一句は実景から離れて、制度としての家や家庭などを色濃く暗示する。丁度、句集『山壊史』の上梓された昭和五十六年前後は、家庭内暴力、校内暴力が社会問題となっていた時期であり、この句が大きなインパクトをもった所以とも考えられる。また、「春」の字が、入学、始業などをイメージさせるということも一役買っているのだろう。

家という建物は、空間に人間が組み立てた構造体である。もともとそこにはなにもなかったのだ。堅牢に見えながら「裏から押せば」簡単に倒壊する、そのことを痛感したのは阪神淡路大震災の時だった。瓦礫と化した町を歩きながら、人間の造ったものの脆さを目のあたりにすると、掲句があたかも予言のように思えてきた。
しかし、作者の時空意識を考えると、この句は、建物に限定されるのではなく、人間のつくったあらゆる構造体に適応されるのかも知れないと思えて来る。つまり、組織、法律、制度、国家等々、抽象的なしくみにも敷衍されるのかも、と。そして、言葉もまた一種の構造体であり、たえず、「裏から押される」存在としてわれわれの日常のなかにある。俳句はその構造体との格闘かも知れず、つねに革新が求められるジャンルなのだと改めて思う。掲句を読みおえた後、「裏」という言葉がくっきりと立ち上がってくるのを感じるのである。

句集『山壊史』には象徴と暗喩に独特の角度があり、さらに三句を左に。

重きもの地に置き深し春の海　　和田悟朗
病苦あり天地根元造りかな
鞭ちて梅一本を立たしむる

*

白燕濁らぬ水に羽を洗ひ　荷兮

荷兮は江戸時代中期の俳諧師。野ざらし紀行の途中名古屋を訪れた芭蕉を迎え入れ、尾張五歌仙が巻かれる。この歌仙はのちに『冬の日』として上梓され、荷兮はその編者であるとされている。その四巻目の「炭売のおのがつまこそ黒からめ」を発句とする歌仙のなかほどに右掲句がある。前後を示すと、次のとおりである。

僧ものいはず欵冬《やまぶき》を呑　羽笠
白燕濁らぬ水に羽を洗ひ　荷兮
宣旨かしこく釵《かんざし》を鑄る　重五

さて、二句目の上五を（びゃくえん）と音読し、結社「白燕」が誕生する。終戦間もない昭和二十四年のことである。その創刊号には、〈誌名「白燕」の出典について〉と題し、右の一連が掲げられ、「閒石先生御熟考の末、吾誌名となった」との記述がある。しかし、どうしてこの語をチョイスしたのかについては書かれていない。果たして白燕の二字に籠められた閒石先生の思いとは何だったのか。昔から気になって仕方がなかったのである。

さて、右の三句を繙いてみよう。一句目の欸冬は蕗の薹を干して薬草としたもので、それを呑む僧が登場し、その高潔さを受けて次句の白燕につながってゆく。白燕は瑞鳥であり、中七以下俗塵に染まらぬという気高さを表わしている。そして、三句目は勅命を得て釵を鑄るという意であるが、この句どう付いているのだろう。因みに『冬の日』は故事や古歌を踏まえる特徴がある。この句も古注に、「白燕を見ると貴女が生まれるとの言い伝えがあり、王女の誕生を祝って勅により釵を鑄る」との評釈が書かれている。白燕と釵の不思議な結びつきはそこにあり、「白燕」の二文字には「生まれる」という意味が隠されている。つまり、閒石先生は、何かを生み出してゆく場として「白燕」をイメージされたのではないだろうか。そこから、六十年という怒濤の年月が流れて行ったのである。

春風

あるおだやかな春の日、自転車で淀川の河川敷に行ってみた。摂津市から鳥飼大橋を渡って守口市側に着くと、野球少年やサッカーに興じる喚声に混じって鳥のさえずりが聞えてくる。人間の声と鳥の声が渾然となって春のオーケストラを奏でている。

無計画もいいところだが、河沿いに南下しようと思いついてペダルを漕ぎ始めた。淀川はその流れが遅く、「よどむ」から命名されたとか。その緩やかな流れに合わせるように走り、四月の風を満喫する。サイクリングの大敵である自動車やダンプカーがいないのがなによりである。

しばらく行くと「毛馬こうもん」の大きな文字が見えてくる。ここで淀川は大川へ分岐しており、その分岐点に毛馬閘門が設置されている。大川は旧淀川のことで、毛馬は新旧の淀川がその袂を分かつ地点ということになる。新淀川には大堰がかかっており、この一帯は独特の雰囲気がある。

自転車をおりて少し休憩しようとあたりを見回すと、そこに蕪村の碑があるのを見付けた。はからずも春風馬堤曲の現地にたどり着いていたのである。四角い石柱に「蕪村生誕地」と書かれてありその横に、

春風や　堤長うして　家遠し　蕪村

の句碑があった。書は流麗な筆致で、蕪村直筆のものをうつしたものだとか。

この句は春風馬堤曲の二句目に登場するが、一句目には、

やぶ入りや浪花を出て長柄川

の句があり、大阪から毛馬の里へ藪入りに帰る女に託して自らの思いを叙したという。

「春風や」の句、ここ淀の河原に立って味わうとなんとも切ない感じがしてくる。「長う」「遠し」が、短詩型の性急で緊迫する雰囲気から抜け出て、ゆったりと素直でそれでいて哀切を表現している。このセンスはやはり画家のものということなの

だろうか。

蕪村の出自については謎が多いとされるが、十七、八歳のころ毛馬を出て再び故郷に帰ることはなかったのだそうだ。春風馬堤曲後半に

故 郷 春 深 し 行《ゆき》 々《ゆき》 て 又 行《ゆき》 々《ゆく》

の句があり、故郷へ帰ることのできない自らの境涯を切々と詠っている。

携帯で四枚ほど写真をとって、再び自転車に乗った。さてこれからどこへ向かおうかと思案しながら、まるでこれこそが「行き行きてまた行き行く」だ、などと嘯いていた。

ハンドルを南進の方向にとると、梅田の高層ビルがまるでおもちゃ箱のように林立しているのが見える。澱河はなにごともなかったように悠然と横たわっていた。

連句集

歌仙「のびのびと」の巻

のびのびと堕落している案山子かな　勝

尾花かざして駆け回る子等　烏白

単線の駅のホームに月さして　清子

観ているだけの料理番組　木浦木

知らぬ間に隣の猫が座り込み　勝

いつか孵化するこの毛糸玉　白

ウ

かざはなに遠い昔をおもいだす　子

容疑者追って聞き込み捜査　木

いまだなお古墳の主の名は知れず　勝
　ナイルは今日も北へと流れ　白
越えてみん激しき恋の山坂を　子
　修羅場演じる人形芝居　木
弱みなど見せぬと言えど羽抜鳥　勝
　月を相手に冷し酒呑む　白
定年を控え反省する教師　子
　引きはないのに釣り糸垂れて　木
ラジオより流れ出したる花の唄　勝
　弥生の空を友と見上げる　白

ナオ
春光にやっと目覚めるビルの街　木

靴屋の矮《こびと》何時消えたのか　子

古書店の隅の十冊五十円　白

そこを曲がれば地蔵のおわす　勝

夕飯に湯豆腐あればそれだけで　木

火桶もいらずこの幼な妻　子

お掃除はなぜか亭主のお仕事に　白

核ゴミとやら村に持ち込み　勝

帰還機の眼前月と地球あり　木

迷い迷うて穴に入る蛇　子

長老の知恵有り難き野分あと　白

乾坤一擲サヨナラヒット　勝

ナウ

A型の血液多き日本人　木
どっちにしよう紅茶コーヒー　子
この砂が全部落ちたら蓋開けて　白
栄螺あれよと漫画にデビュー　勝
人知れず立つ銅像に花明かり　木
天の羽衣春を舞いゆく　子

起首　令和二年十一月　十日
満尾　令和二年十二月十三日

歌仙「冬柏」の巻

冬柏葉守の神の閑話かな　清子
　ふうわり被る吉兆の雪　勝
相応しき絵筆求めて通うらん　烏白
　車窓流るる景色さまざま　子
月待ちの重き瞼をしばたきて　勝
　なぜか親しき溢れ蚊の声　白

ウ

お役目をいま暫くと菊人形　子
　寺の小僧がつと立ち止まる　勝

禁断の契り破りて漕ぎ出だす　白

恋の旅路の夢は果てなし　子

轟音の突如鳴りたる交響曲　勝

戊辰の役の砲台の跡　白

昼の月土塁に蝮蟠《とぐろ》巻く　子

ラムネの栓がなかなか開かぬ　勝

言いかけた要らぬ一言呑み下し　白

ワープしたのかここはロンドン　子

花のもと人は去りぬる猫来たる　勝

ほの明るきは春霖の丘　白

ナオ

海峡に小女子《こうなご》漁の舟満てり　子

あれほど駄目と言ったのに密　勝
アマビエの旋毛曲げたかヌラリヒョン　白
拗ねてみるのも女の手管　子
極上のヴィトンのバッグ買わされて　勝
はらりと解ける風呂敷の妙　白
鮮やかな手妻銘酒を呼び出せり　子
〆は松茸飯と虫の音　勝
月落ちて寝首をかきに奴が来る　白
霞網など張り巡らさん　子
携帯の圏外に居る解放感　勝
富士の頂雲ひとつ無し　白

ナウ　千両箱積んでも買えぬこの自然　子
宮大工なら釘は使わぬ　勝
三匹の豚は煉瓦の家に住み　白
黒真珠より好きは草餅　子
とりどりのレジャーシートで花の午後　白
ボートレースに歓声ひびく　勝

起首　令和三年一月十二日
満尾　令和三年二月十三日

歌仙「青虫の」の巻

青虫の忽と消えたる一夜かな　勝
　ただ望月の見守りし間に　烏白
旧友の便りに添える柿熟れて　るみ
　明日の用意の整わぬまま　勝
借り物の麦藁帽は海の色　白
　泡盛すすむ島の食堂　み

ウ
父ちゃんの酔えば始まる武勇伝　勝
　剣の手練れの女人と出会い　白

下駄鳴らし通う銭湯神田川　み
かつ消え結ぶ水の呟き　勝
暴言にＳＮＳが炎上す　白
悟りを説くは名物僧侶　み
監督の胴上げ舞うて寒の月　勝
くさめ止まらず家路を急ぐ　白
不織布かウレタン買うか迷いつつ　み
アルゴリズムはリズムを刻み　勝
花びらの音符が並ぶ窓辺にて　白
猫の子戯れて撮りたる動画　み
ナオ
ひたひたと春の試験の迫り来る　勝

漢委奴国王の印　白
至宝展終わり間際に駆けこんで　み
こんな所で恋の告白　勝
我が村で初の同性婚祝う　白
ついていけないニューノーマルに　み
落ちこぼれ趣味が高じてジャズ喫茶　勝
贅を尽くしたバルコニーには　白
読みかけの推理小説最終話　み
開かずの扉ついに開けられ　勝
宴席で月の兎と鉢合わせ　み
霧たちのぼる夕暮れのこと　白

ナウ

墨をする無心の境地山の秋　勝

表具したるは師匠の形見　み

自慢気に鼻膨らます癖があり　白

風船飛んで淀の遊覧　勝

蒼天に仰ぐ醍醐の花見事　み

心おきなく暖雨を待ちぬ　白

起首　令和三年十月十九日

満尾　令和三年十二月七日

あとがき

句集『連用形』は私の第二句集となる。一冊目の『彷徨』を上梓してから二十数年が経った。その二十数年の間、何度も書いては止めるを繰り返し、溜まった反故の嵩を見るたびうんざりしていた。

何事もふんぎりだと思い切り、此度ふらんす堂さんのお世話になった。

句集名は収録の俳句から引用したが、この言葉の含意する、しなやかさ、繋がり、可能性などという点に注目した結果である。ただ、そう言いながら、たぶんに連句への意識があったことは確かである。

これで、かの反故の束と縁が切れるのはすっきりして気持ちが良いのだが、ちょっと寂しかったりするのはどうしてであろう。

令和五年二月

赤松　勝

著者略歴

赤松　勝（あかまつ・まさる）

昭和24年　高知市生まれ
昭和58年　「白燕」同人
平成21年　「白燕」終刊
平成22年　「子燕」発足　現在に至る

著　書
平成12年　句集『彷徨』
平成19年　連句文集『風脈』
平成23年　橋閒石著『俳句史大要』編著

現住所
〒565-0824　大阪府吹田市山田西2丁目9番A2-405
Mail：akm405@ceres.ocn.ne.jp

句集　連用形　れんようけい

二〇二三年六月一四日　初版発行

著　者――赤松　勝

発行人――山岡喜美子

発行所――ふらんす堂

〒182-0002　東京都調布市仙川町一―一五―三八―二F

電　話――〇三（三三二六）九〇六一　ＦＡＸ〇三（三三二六）六九一九

ホームページ　http://furansudo.com/　E-mail　info@furansudo.com

振　替――〇〇一七〇―一―一八四一七三

装　丁――和　兎

印刷所――日本ハイコム㈱

製本所――日本ハイコム㈱

定　価――本体二二〇〇円＋税

ISBN978-4-7814-1562-8 C0092 ¥2200E

乱丁・落丁本はお取替えいたします。